VIE
DE SAINT-MELLON,

POËME,

Par M. Louis-Alexandre FRÉZEL.

ROUEN,

F. BAUDRY, Imprimeur du Roi, rue des Carmes, No. 20.

1824.

VIE
DE SAINT-MELLON,
POËME.

Euntes ergò docete omnes gentes baptizantes eos.
Evang. S.-MATT., c. 28, v. 18.

JE chante ce grand Saint qui vint dans la Neustrie,
Du rivage chéri d'Albion sa patrie,
Qui, du temple de Roth chassant les Dieux cruels,
Fit au Dieu des chrétiens élever des autels:
O des faibles humains et le maître et le père!
O divin Créateur! écoute ma prière;
De ton Trône éternel où siège la bonté,
Fais descendre en mon cœur l'auguste vérité,
Daigne embrâser mes sens de ces feux poëtiques,
Dont le saint Roi-Prophète animait ses cantiques;
Dis moi par quel pouvoir, par quel miracle heureux,
Un héros, jusqu'alors esclave des faux Dieux,
Les abjura soudain, oublia sa patrie,
Un père déjà vieux, une mère chérie,
Et vainqueur de l'Enfer, après mille dangers,
Fit adorer ton nom sous des Cieux étrangers.

Mais quel charme divin s'empare de mon ame.
Grand Dieu, je reconnais ton immortelle flamme;

Tous mes sens sont émus; et déjà, je le vois,
Descendu dans mon cœur, tu parles par ma voix.

Rome toujours maîtresse enchaînait la victoire,
Et gémissait encor sous le poids de la gloire :
Ne portant en tous lieux que la mort ou les fers,
Valérien marchait vainqueur de l'univers.
De son trône éclatant acquis par sa vaillance,
Il faisait redouter ses lois et sa puissance,
Et voyait à ses pieds, ensemble confondus,
Mille peuples divers apporter leurs tributs.
Albion qui souvent, combattant avec zèle,
Aux armes des Romains avait été rebelle,
Qui souvent, rougissant d'un pouvoir acheté,
Avait avec ses droits repris sa liberté,
Vaincue enfin, malgré sa longue résistance,
Tremblait aussi, soumise à leur vaste puissance.
Son Roi devait payer tribut à l'Empereur,
Et fidèle vassal rendre hommage au vainqueur.
Il choisit dix héros qui, joignant au courage
Du plus illustre sang le brillant avantage,
Devaient, du sol natal quittant l'heureux séjour,
Etre otages de Rome et rester à la cour.
L'un d'eux était Mellon; il fut par sa vaillance,
Parmi tous ses rivaux choisi de préférence,
Chaque jour de son Roi méritant les faveurs,
Il se voyait assis au faîte des honneurs.
Son front, où se peignait la douceur du vrai sage,
Etait tranquille et fier au milieu de l'orage;
Aussi bon citoyen que guerrier généreux,
Sous un air martial il était vertueux.
Cependant tout est prêt pour ce lointain voyage,
Déjà les matelots font retentir la plage

De leur cris prolongés. On part, et les échos
Doublent en sons lointains les cris des matelots.
O vertueux Mellon, ton ame est attendrie!
Vers les champs paternels, vers ta douce patrie
Tu détournes cent fois tes yeux noyés de pleurs.
Albion qui s'enfuit augmente tes douleurs.
Tu ne reverras plus cette terre chérie,
Un nouveau sort t'attend aux rives d'Italie ;
De la mer en courroux affrontant les hasards,
Tu portes le tribut aux superbes Césars.
Aveuglé par l'erreur tu vas au capitole
Sur les autels de Mars adorer son idole,
Et de Rome idolâtre encenser les faux Dieux.....
Eh bien ! là Dieu t'attend pour dessiller tes yeux,
C'est là que de tes jours plus fortunés encore,
Ce Dieu nouveau pour toi fera naître l'aurore ;
Tu vas au sein des fers trouver la liberté,
Au trône de l'erreur, l'auguste vérité,
Au milieu des tourments et de la tyrannie,
Au milieu de la mort, tu vas trouver la vie.

Mais soudain sur la mer les aquilons vainqueurs,
Ont des flots inconstants excité les fureurs ;
Dieu parle, tout est calme, et la mer étonnée
Par un secret pouvoir sent sa force enchaînée.
Les vents ont déjà fui ; le Ciel serein et pur
Découvre un horizon où se répand l'azur,
Et les légers zéphirs de leurs douces haleines
Font voguer le vaisseau sur les liquides plaines.
On dirait que glissant sur ces dociles flots,
Il ne fait qu'effleurer la surface des eaux.
Déjà des sombres nuits l'inégale courrière
Avait obliquement parcouru sa carrière,

Depuis que le pilote, aux regards curieux,
Sur la route incertaine, interrogeait les Cieux,
L'Océan est passé ; le vaisseau plus rapide
Franchit en un moment les colonnes d'Alcide.
Enfin, après cinq jours d'un vent toujours heureux,
On aperçoit déjà le rivage fameux ;
Et le Tibre bientôt sur son onde docile
Transporte le vaisseau jusqu'au sein de la ville.
A peine sur ces bords les enfants d'Albion
Etaient-ils descendus, que le pieux Mellon
Vole au temple de Mars offrir un sacrifice :
« Grand Dieu, dit ce héros, ta bonté protectrice
» A daigné sur mes jours répandre ses bienfaits,
» Et de ce long voyage assurer le succès ;
» D'un cœur reconnaissant daigne agréer l'hommage
» Que vers ton front divin porte ce doux nuage. »
Il dit, et vers l'idole élevant ses regards,
Il prodigue l'encens à l'insensible Mars :
Telle fut de Mellon la prière inutile.
Son cœur est satisfait, il quitte cet asyle,
Et de ses compagnons guidant le faible essaim,
Il s'avance à grands pas jusqu'au palais romain.
L'Empereur les admet bientôt en sa présence,
Et du haut de son trône où brille sa puissance,
Leur permet de parler : « Grand Prince, dit Mellon,
» Tu vois à tes genoux les enfants d'Albion ;
» Reçois de notre Roi le tribut et l'hommage,
» De sa soumission nous t'apportons ce gage ;
» Il implore aujourd'hui ta bonté par ma voix,
» Et fidèle vassal, il reconnaît tes lois. »
Il dit, et l'Empereur rompt ainsi le silence :
« J'accepte le tribut de votre obéissance ;
» Je défendrai son trône, et pour vous désormais,

» Honorés à ma cour, comblés de mes bienfaits,
» Vous ne pleurerez plus votre chère patrie :
» Albion sera tout au sein de l'Italie. »
Il dit, et les guerriers sous ces lambris nouveaux,
Dans les bras du sommeil vont chercher le repos.

A peine le soleil, sorti du sein de l'onde,
De ses premiers rayons éclaire-t-il le monde,
Que déjà ces héros sur ces remparts fameux
Promènent lentement des regards curieux.
Ils admirent ces tours et ces temples antiques,
Et ces arcs de triomphe et ces vastes portiques,
De la gloire romaine orgueilleux monuments,
Que semblent respecter et la foudre et le temps.
Les temples sont ouverts ; la victime innocente
Et de fleurs couronnée à leurs yeux se présente ;
Bientôt sous le couteau du sacrificateur
Elle gémit et tombe, et le prêtre imposteur
Contemple avidement ses entrailles fumantes,
Et cherche l'avenir dans ses fibres mouvantes.

Sous ces superbes murs, sous ces temples sacrés,
Sont des antres profonds, du soleil ignorés,
De vastes souterrains, creusés des mains de l'homme,
Pour bâtir les palais, les monuments de Rome ;
C'est là que les Chrétiens échappés aux bourreaux,
Etouffent leurs soupirs dans ces affreux tombeaux,
Et loin de leurs tyrans célèbrent en silence
Du Dieu de l'univers la divine puissance.
Là, brûlant pour la Foi d'un feu toujours nouveau,
Le Pape Etienne instruit son fidèle troupeau.
Ses discours éloquents et son ardeur pieuse
Leur ouvrent le chemin d'une mort glorieuse.

Après avoir de Rome admiré tous les Dieux,
Les héros d'Albion descendus dans ces lieux
S'étonnent à la voix du vertueux Etienne,
Qui prêche à son troupeau la doctrine chrétienne.
« Mes frères, leur dit-il dans son divin transport,
» Malgré la tyrannie, il faut jusqu'à la mort
» N'adorer qu'un seul Dieu qui peut tout sur la terre;
» Les autres ne sont rien; lui seul est notre père;
» Il doit seul recevoir notre encens et nos cœurs;
» Son amour nous élève au-dessus des honneurs.
» Aimons nos ennemis, notre Dieu nous l'ordonne,
» Et sachons pardonner comme à nous il pardonne.
» Jadis Valérien prodigue en ses bienfaits,
» Protégeait notre foi, nous ouvrait son palais;
» Mais bientôt ses vertus se sont évanouies;
» Il a prêté l'oreille à la voix des impies;
» Jouet de leur fureur, par des arrêts sanglants,
» Il s'est placé lui-même au rang de nos tyrans;
» Il a fait élever des autels sanguinaires,
» Où l'erreur sacrifie aux Dieux imaginaires,
» Aux fantômes honteux qu'elle-même a formés;
» Sous son sceptre de fer nous sommes opprimés,
» Il peut par sa puissance, au gré de son envie,
» Préparer nos tourments, nous arracher la vie;
» Soyons prêts à mourir, envions cet honneur:
» En marchant au trépas, nous marchons au bonheur. »
Tel que l'astre du jour, commençant sa carrière,
Transmet en un moment sa rapide lumière;
Tel en un seul instant le discours du pasteur
Du docile Mellon a pénétré le cœur.
Un nouveau jour s'élève à sa vue étonnée,
Il rend grâce au Saint-Père, et, la tête inclinée,
Il se jette à ses pieds qu'il arrose de pleurs,

Et jure devant lui d'abjurer ses erreurs.
« Mon enfant, dit Etienne, en ce jour d'alégresse,
» Dieu fait briller en vous sa divine sagesse ;
» Quittez, quittez ces Dieux qui n'ont rien de réel,
» Et venez avec nous adorer l'Eternel.
» Vous pouvez, il est vrai, d'une ardeur non commune,
» En servant les Césars, courir à la fortune ;
» Mais, mon fils, ces lauriers, ces honneurs si vantés,
» Ces postes éclatants, ces biens, ces dignités
» Où vous aspirez tous, ne sont que des entraves,
» Que des liens dorés qui vous tiennent esclaves.
» Et que sont ces héros ? Que sont ces conquérants ?
» Que des ambitieux, que de cruels tyrans,
» Qui, fléaux des pays que leur fureur ravage,
» Ne laissent après eux que meurtres, que carnage ;
» Les peuples terrassés les nomment immortels,
» Et la crainte en tremblant leur dresse des autels ;
» Mais au Ciel ce n'est point la crainte qui les nomme ;
» Le héros disparaît, il ne reste que l'homme ;
» Devant le tribunal de la Divinité,
» Il attend son arrêt de la seule équité.
» Mon fils, ne suivez point leur fureur insensée ;
» Dieu saura les punir de leur gloire passée ;
» Venez plutôt du Ciel implorer la faveur,
» C'est là que vous pouvez trouver le vrai bonheur. »
A ces mots pénétré du nouveau Dieu qu'il aime,
Mellon, en l'invoquant, se prépare au baptême ;
Mais sur ses compagnons l'esprit de vérité
N'a pu faire briller sa divine clarté.
Ils entrent au palais, et leur ame endurcie,
Par ce miracle heureux ne s'est point convertie ;
Cependant au moment où le cœur satisfait,
Etienne du baptême apporte le bienfait,

Et verse sur Mellon cette onde salutaire
Qui nous ouvre le Ciel et qui nous régénère,
Un messager céleste apparaît en ces lieux
Qui brillent de l'éclat de son front radieux.
« O trop heureux Mellon, dit l'Ange de lumière,
» Le Très-Haut a reçu tes vœux et ta prière,
» Ce Dieu toujours clément, de son trône éternel
» Sur toi daigne abaisser un regard paternel ;
» Il t'aime et te bénit, et sa bonté chérie
» T'annonce par ma voix la paix pour la Neustrie.
» Va chasser de Rouen les démons furieux,
» Renverse les autels élevés aux faux Dieux,
» A ces peuples grossiers, privés de la lumière,
» Fais adorer le nom du Maître de la terre,
» Et pour les délivrer du pouvoir infernal,
» Je remets en tes mains ce bâton pastoral. »
Il dit et disparait, laissant dans cet asyle
Une suave odeur ; et Mellon immobile
Ose à peine élever ses regards étonnés,
Tandis que les Chrétiens à l'autel prosternés,
Adressent au Très-Haut de pieuses louanges,
En mêlant leurs concerts aux cantiques des Anges.

Mellon près de quitter et Rome et ses faux Dieux,
Partage sa fortune entre les malheureux,
Satisfait de pouvoir alléger leur misère ;
Après avoir reçu le baiser du Saint-Père,
Il part : honneurs, parents, tout disparaît pour lui,
Il a tout oublié, le Ciel est son appui ;
Contre tous les dangers son ame est aguerrie,
Il n'entend plus que Dieu qui l'appelle en Neustrie ;
Son amour pour sa gloire éclate dans ses yeux,
Sa marche est triomphante et son front radieux.

Tel qu'en cent lieux divers, qu'il arrose et féconde,
L'Eridan va porter le tribut de son onde ;
Tel Mellon au milieu de la gentilité,
Prodigue les bienfaits de la Divinité.
Combien de malheureux rendus à la lumière!
Comme il guérit leurs maux par sa douce prière.
Sa voix persuasive a pénétré leur cœur,
Et leur fait adorer les lois du Créateur.

Mais déjà les forêts de l'antique Neustrie
S'offrent à ses regards, et son ame attendrie
Palpite de plaisir à l'aspect de ces lieux,
Lorsque le Paganisme apparaît à ses yeux.
Cet énorme géant que la rage dévore,
Semble étendre ses bras du couchant à l'aurore,
Sa tête jusqu'aux Cieux s'élève, et dans sa main
Brille un affreux poignard couvert de sang humain:
Il arrête Mellon, et sa voix de tonnerre
Fait entendre ces mots : « Où vas-tu, téméraire ?
» De quel droit oses-tu pénétrer en ces lieux ?
» Sais-tu qu'ils sont soumis au plus puissant des Dieux ?
» Cet empire est à moi, par ta faible prudence
» Crois-tu donc t'opposer à ma vaste puissance ?
» Non ; tu pourrais plutôt des flots tumultueux
» Arrêter tout-à-coup le cours impétueux.
» Crains les coups trop certains de ma terrible haine,
» Retourne sur tes pas, ou ta mort est certaine. »
Il dit : mais le Pasteur a reconnu Satan,
Il le fait disparaître, et marche vers Rouen.
Il arrive bientôt dans cette ville impure,
Dans ce séjour du crime où règne l'imposture.
Comme un astre éclatant dans l'ombre de la nuit,
Il apporte en ces lieux la clarté qui le suit.

O ville de Rouen, dissipe tes alarmes,
Voilà l'Ange du Ciel qui va sécher tes larmes.
Il va briser tes fers, dociles à sa voix
Tes enfants étonnés vont adorer les lois
D'un Dieu seul créateur, dont la main paternelle
Va t'ouvrir le chemin d'une vie éternelle.
Le jeune Théodore insensé, furieux,
Par la rage emporté se répand en tous lieux,
On lui jette une chaîne, il la brise, et tout cède
Au pouvoir infernal du Démon qui l'obsède.
Sa douleur attendrit le sensible Mellon;
Il le touche et soudain le rend à la raison.
Deux malheureux vieillards perclus, paralytiques,
Implorent les passants dans les places publiques,
Il les prend par la main au nom du Créateur,
Et leur rend à tous deux leur première vigueur.
Leurs yeux sont dessillés, et leur ame ravie
Reçoit dans le baptême une nouvelle vie.
Les spectateurs surpris abjurent leurs erreurs,
Pour la première fois Dieu règne dans leurs cœurs.

Hors des murs de Rouen, près d'un ruisseau limpide
Est le temple de Roth, où le sombre Druide,
L'affreux Sélidion, grand-prêtre de ces lieux,
Répand le sang humain en l'honneur de ses Dieux;
Là, despote orgueilleux de son Dieu chimérique,
Il reçoit la réponse et lui-même l'explique.
Il semble aux yeux du peuple aveuglé par l'erreur,
Entre les Dieux et l'homme être médiateur;
Sa voix est un oracle: au gré de son envie,
Il ordonne lui seul ou la mort ou la vie;
D'autant plus redoutable à qui l'ose offenser
Qu'il peut d'un fer sacré lui-même le percer,

Et qu'au nom de ses Dieux employant sa puissance,
Par le chemin du Ciel il court a la vengeance.
Etonné des progrès du vertueux Mellon,
Il tremble pour ses droits et sa religion.
Et sur l'autel du Dieu qu'il croit rendre propice,
Il médite en son cœur un sanglant sacrifice.
Déjà depuis longtemps son fier ressentiment
Gardait une victime. Il saisit ce moment:
C'est parmi ses sujets que sa haine implacable,
Par un mensonge affreux désigne le coupable.
Il dit qu'après avoir interrogé le sort,
Il apprend de ses Dieux qu'ils demandent sa mort,
Et soudain ce tyran endurci dans le crime,
Fait conduire à l'autel l'innocente victime.
Déjà le prêtre impie avide de son sang,
Levait le fer tout prêt à lui percer le flanc,
Quand par la renommée instruit du sacrifice,
Mellon parmi le peuple et s'élance et se glisse:
« Arrêtez, leur dit-il, arrêtez inhumains,
» Suspendez un moment vos sacriléges mains. »
Sélidion pâlit; et le peuple en silence
Détourne ses regards sur Mellon qui s'avance:
« Insensés, leur dit-il, quelle est donc votre erreur?
» Vous écoutez la voix de ce prêtre imposteur,
» Vous servez la ferveur de son ame parjure,
» Dont les crimes affreux font frémir la nature;
» Le Ciel a-t-il donc soif du sang des malheureux?
» Est-ce par des forfaits qu'on honore vos Dieux?
» Ce fourbe qui vous fait fléchir par sa puissance,
» Sous l'intérêt du Ciel déguise sa vengeance.
» Regardez-le trembler, regardez sa pâleur
» Qui décèle à vos yeux qu'il n'est qu'un imposteur.
» Ah! Peuple infortuné votre erreur est extrême,

» Et tout est Dieu pour vous, excepté Dieu lui-même.
» Dans cet aveuglement où vos cœurs sont charmés,
» Vous adorez des Dieux que vos mains ont formés,
» Vous donnez du pouvoir à cette vaine idole ;
» A ce spectre hideux à qui l'impie immole,
» Vous adressez des vœux, vous élevez vos bras
» Vers ce Dieu moins que vous, qui ne vous entend pas.
» Sachez qu'il n'est qu'un Dieu qui gouverne la terre,
» Les vôtres ne sont rien ; lui seul comme un bon père,
» Veille sur ses enfants et du plus haut des Cieux
» Il protège nos jours par ses soins généreux ;
» Il ne veut point de sang ; une ame sainte et pure
» Suffit pour l'appaiser lorsqu'elle l'en conjure.
» Quittez, quittez vos Dieux, pour adorer ses lois ;
» Il vous parle aujourd'hui lui-même par ma voix.
» Il m'envoie en ces lieux pour combattre les vices,
» Et pour faire cesser d'odieux sacrifices.
» Et toi, Sélidion, monstre d'impiété,
» Ne crois pas à ses yeux cacher la vérité ;
» Il voit tout, il sait tout, il découvre le crime
» Et pénètre du cœur l'impénétrable abyme.
» Ton empire est passé ; regarde tes autels
» Crouler avec tes Dieux que tu crois immortels. »
Il dit : au même instant vaincu par ses paroles,
Satan brise l'autel, renverse les idoles
Et s'enfuit en poussant des hurlements affreux.
Des spectateurs surpris Dieu dessille les yeux ;
Il embrâse leur cœur de sa divine flamme,
Et par l'eau du baptême il descend dans leur ame.
Sélidion confus et déplorant son sort,
Abandonne le temple et se donne la mort.
Ce bruit de tous côtés se répand dans la ville,
On admire Mellon, et le peuple docile,

Ecoutant ardemment ses pieux entretiens,
Grossit de jour en jour le nombre des Chrétiens.
Ce fidèle Pasteur dans ce temple en ruine,
Prêche à son doux troupeau la parole divine;
Leurs mains, après avoir purifié ce lieu,
Elèvent un autel en l'honneur du vrai Dieu,
C'est là qu'au Créateur, du sein de la poussière
Ils viennent adresser leur timide prière,
Et le remercier des bienfaits généreux
Que sa main paternelle a répandus sur eux.

www.ingramcontent.com/pod-product-compliance
Ingram Content Group UK Ltd.
Pitfield, Milton Keynes, MK11 3LW, UK
UKHW022253170726
13837UKWH00006B/2510